你们想好将来要从事什么职业了吗?

我想成为一名兽医。

我想当宇航员!

真棒!

我想先读读这本书……然后再告诉你们!

太棒了，我们的职业

［意］阿戈斯蒂诺·特拉伊尼（Agostino Traini）/ 著绘　　金佳音 / 译

阿尔贝托和迪阿娜是学校的两位老师。他们班级的教室很宽敞,还有一扇大大的玻璃窗,窗外是美丽的花园。在这个季节,树叶开始纷纷飘落。

今天的课很有趣，讲的是各种各样的职业和职业领域。

迪阿娜和阿尔贝托提议，让孩子们选一个职业讲一讲。可以选孩子们比较熟悉的职业，也可以是他们长大后想从事的职业……

我们来看看，从事各种职业的人每天都会做些什么。

铁锹
云朵
铅笔

世界上的职业多得数不清，我们可以挑大家感兴趣的职业聊一聊。

农民

首先,我来讲讲在田间耕作的人吧!

我看到了一个大南瓜。

南瓜旁有一位农民叔叔。

这南瓜长得太好了!

农民辛勤地耕种土地。

土地回报给农民丰厚的农产品。

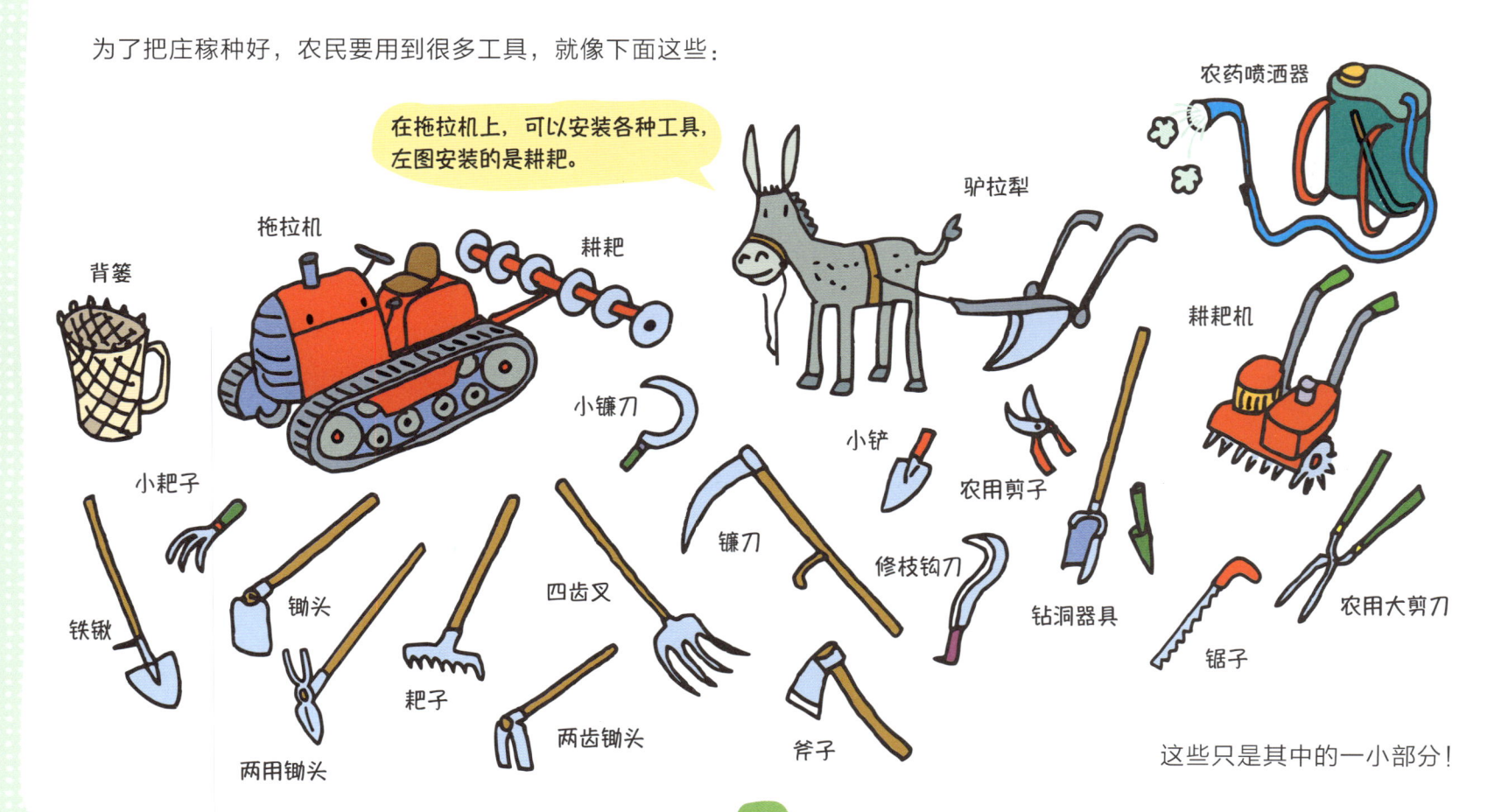

瞧这漂亮的番茄!

这位农民叔叔种的庄稼好棒!

瞧这新鲜的生菜!

为了把庄稼种好,农民要用到很多工具,就像下面这些:

在拖拉机上,可以安装各种工具,左图安装的是耕耙。

农药喷洒器

背篓　拖拉机　耕耙　驴拉犁　耕耙机

小耙子　小镰刀　小铲　农用剪子

铁锹　锄头　镰刀　修枝钩刀　钻洞器具　农用大剪刀

　　　四齿叉　　　　　　锯子

两用锄头　耙子　两齿锄头　斧子

这些只是其中的一小部分!

6

当农民并不是只会耕种技术、使用农用工具就行了。

优秀的农民要会借助大自然的力量，而且要把这件事当成非常重要的事来做才行。

空气变得湿润，天气频繁变化，春天来了——这是播种的好时节！

太棒了，农民！

太棒了，丰收的果实！

兽医

"我长大了要当一名兽医！"

小动物诊所

"快帮帮我！我的狗病了！"
"快抱进来吧！"

兽医是为小动物治病的医生。

要弄明白小动物的病可不容易，因为它们不会说话。

"让我们来检查一下。"
"别怕哟！"

"它发烧了。"
"是的，是的。"

想成为一名兽医，要学习很多很多知识。

而且还要热爱和了解小动物。

兽医要告诉主人该给狗吃些什么。

还要告诉主人如何让狗保持健康。

"要给它吃肉、米饭和蔬菜。"
"那咖啡呢？"

"你得经常给它梳毛才行！"

兽医也会给野生动物治疗伤病。

这条腿包扎好了。

它一定吓坏了。

还给牧场里的牲口治疗。

用了这个药膏,你很快就能好了!

养狗场里的狗也需要兽医帮忙检查身体。

好可爱!真希望早日有人来领养你们。

动物园里也需要有兽医。

好啦,我的老朋友,一切都会好起来的。

太棒了,兽医!

卖报人

我每天都会经过报刊亭，我知道卖报人做些什么工作。

我们走吧！

我看到了报刊亭里的卖报人。

真是琳琅满目啊！

报刊亭

卖报人每天一大早就开始忙碌了。

实际上，报纸在半夜就印好了，在清晨时分送到报刊亭。

现在还是深更半夜呢！

这是今天的报纸，祝您大卖！

派送报纸

谢谢，明天早上见！

早上，人们来买报纸。他们通过报纸来了解世界上发生的事情。

不过，报刊亭可不只是卖报纸，还会卖漫画书、车票、光碟、杂志、玩具，等等。

我想知道发生了什么！

出大事儿啦！

人民报

足球报　分分钟

怎么会这样？

真不敢相信！

很久以前，卖报人是站在大街上，靠大声吆喝叫卖报纸的。

然后出现了最初的报刊亭，其中有一些建得很漂亮。

泰坦尼克号沉没了！

战争结束啦！

卖报！卖报！

卖报人的工作非常重要，要是哪天卖报亭不营业，大家都会觉得很想念。

你知道吗？集画片换奖品的游戏就是卖报人发明的！这件事发生在意大利的摩德纳。

真令人难过。

报纸　大鼠

歇业
周末休息

好怀念呀！

开始收集画片吧！

太好玩了！

太棒了，卖报人！

登山向导

这是登山用的破冰斧,接下来我要讲登山向导的故事啦!

这是什么呀?

登山向导是谁呀?

那上边就有一位!

好厉害!

我要爬上去看看!

这个职业可真危险……

登山向导要攀登山峰。

还要陪着登山者爬到风景最美,同时也是最险峻的山峰顶端。

登山真有趣!

还有几米就到山顶啦!

我爬山不需要安全绳。

要想取得登山向导资格证,必须通过一系列非常难的考试才行。

这里真是太棒了!

登山向导要掌握高超的滑雪技术,还要保证客户的人身安全。

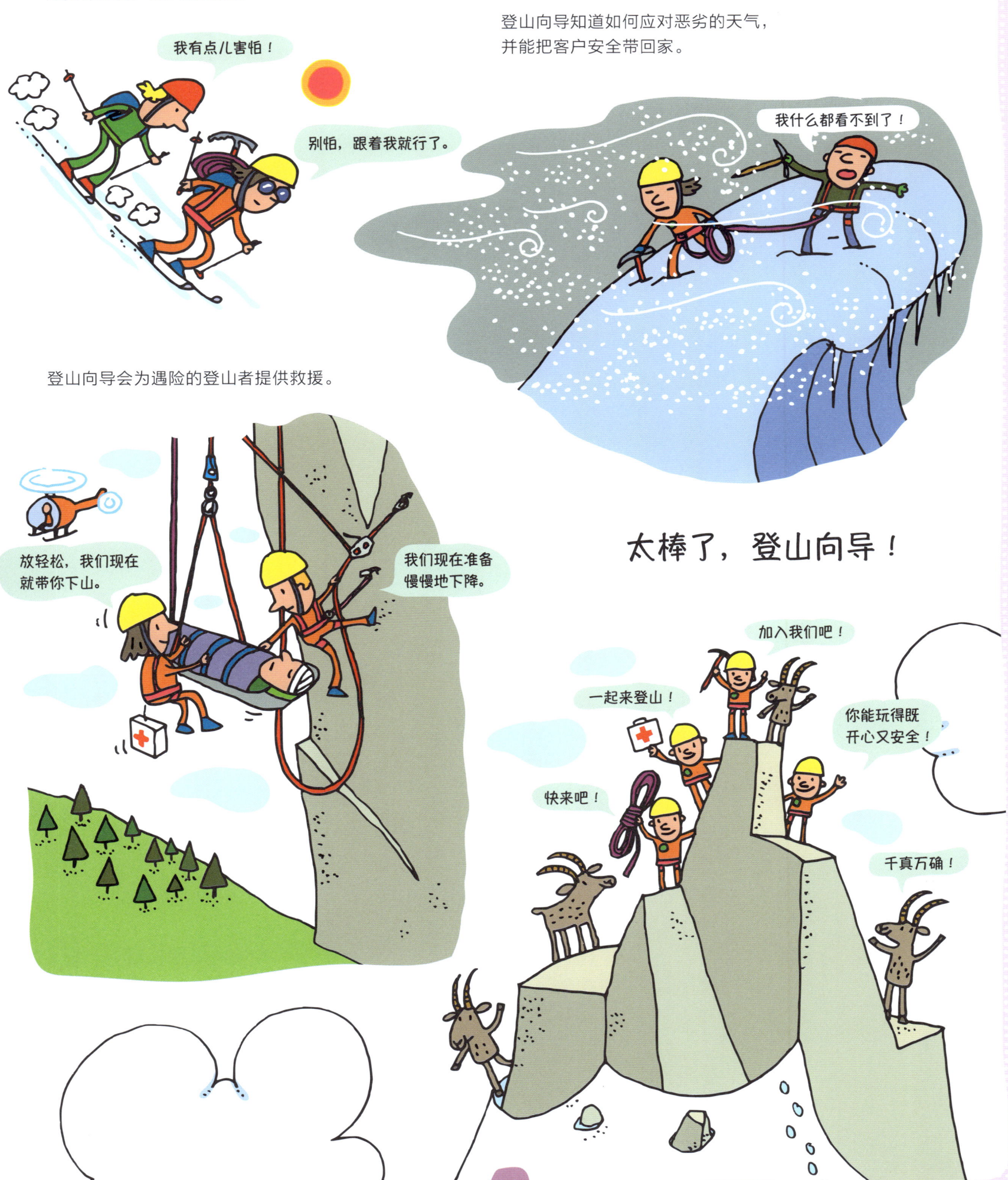

我有点儿害怕!

别怕,跟着我就行了。

登山向导知道如何应对恶劣的天气,并能把客户安全带回家。

我什么都看不到了!

登山向导会为遇险的登山者提供救援。

放轻松,我们现在就带你下山。

我们现在准备慢慢地下降。

太棒了,登山向导!

加入我们吧!

一起来登山!

你能玩得既开心又安全!

快来吧!

千真万确!

服务行业 有的人在服务机构工作，他们的职责是为保障他人的安全和健康提供必要的服务。他们通常会身穿特殊的制服，让大家能一眼就认出他们的身份。在这些人中间，还有一些志愿者。他们工作不是为了赚钱，而是为了发挥自己更大的价值。

小游戏：你能在大图中找到下面圆圈中的小图吗？

PROTEZIONE

厨师

我婶婶就是被一个厨师给煮了的……

厨师的工作真有趣!

我闻到了一股香味!

快去看看!

餐厅

厨师的大帽子真好看!

厨师是美食界的艺术家。

厨师的作品就是一道道美味佳肴。

请你们都吃素吧!

要成为厨师,首先要热爱烹饪。

还要去专业的烹饪学校学习。

我觉得他长大了会成为一名厨师。

这可不是大头菜,这是茄子。

我的大头菜啊,这紫色真漂亮!

从厨师学校毕业后,还要到餐厅里当学徒。

所有的大厨师都是从学徒做起的。

好!你在这儿好好看着,学习一下。

蔬菜准备好了。

16

大餐厅的厨房里有好多厨师在忙碌，他们组成了"后厨"。

我是主厨，是后厨的头儿。

我要管采购。

我得定菜单。

我负责管理厨师队伍。

同时还要保证食材的品质。

我是副厨，是主厨的助手。

主厨之下，是不同分工的厨师组长。

每个组长管理自己小组在厨房中的工作。

我负责前菜。

我负责头盘。

我负责烤肉。

我负责做鱼。

我负责做糕点。

但是"后厨"里也不能缺少助手和学徒。

最优秀的学徒日后可能成为大名鼎鼎的厨师。

我把菜洗干净。

我把锅碗瓢盆洗干净。

我把厨房打扫得干干净净。

太棒了，厨师！

祝您用餐愉快！

考古学家

我认识一名考古学家,他热爱古老的东西。

就像那两个人一样吗?

这根柱子真是太美了!

是的,很美,很古老!

这才是真爱啊!

"考古学家"的意思是"研究古物的人"。

考古学家想弄清楚与古代文明相关的一切。

我研究古巴比伦文明。

我研究中世纪文明。

有好多秘密等着我们去发现!

把过去的历史研究透彻是非常重要的。

这样我们才能理解现代文明!

希腊神庙很特别。

它是现代建筑的起源。

考古学家还会对土壤进行探测,从中发现古时候的遗迹。

他们也会从空中俯瞰,发现在地面上无法看到的现象。

天哪!

这里曾经是一座城市!

有时，他们还会下潜到海底，去探究古老沉船的秘密。 他们还会耐心地挖掘被掩埋的古老城市……

这是一艘古罗马时期的船！
好多宝贝啊！
最深的一层藏着最古老的秘密！

他们会破译古老的神秘符号。 考古学家会对古迹进行评估，保护具有重要考古价值的文物。

虽然很难，但是我应该能弄懂！
这里要建商场啦！
走开！不许碰这座石棚墓！

去博物馆参观考古学家们的发现真有趣！

太棒了，考古学家！

裁缝

"长大后，我想像叔叔一样，做一名裁缝！"
"太棒了！"

"请抬起胳膊。"
"他手里拿的是什么？是蛇吗？"
"不是，那是一条软尺！"

裁缝会把布料变成衣服。

要成为一名好裁缝，要先到裁缝店去当学徒。

"做好啦！"
"好漂亮！"

"尽量裁得直点儿！"
"好的，裁缝先生！"

一件衣服是由不同的部件构成的。

这些部件要用针和线缝合起来。

"这是一件衬衫的各个部件。"

"当裁缝要耐心、下手精准。"
"我需要您的帮助！"

缝纫机能帮上裁缝的忙。

不过，裁缝是怎么认为的呢？

"哒哒哒……"

"手工缝制的礼服才最名贵！"
"谁说不是呢！"

我们习惯在商场里选购现成的衣服。 在一堆衣服中找到适合自己穿的尺码就可以了。

这条牛仔裤真不错！

我穿 XS 码的。

试试这条 M 码的。

这些裤子一模一样，只是尺码不同而已。

但是，裁缝做衣服是量身定制的。

顾客也可以自己选择颜色、布料和款式。

这个款式穿起来既舒服又洋气！

我给您量一下。

请不要动哦！

如果设计的服装新颖又独特，就可以成为时装设计师。

对其他国家的人来说，一名时装设计师的风格甚至能代表他的国家。

我还从来没见过这样的款式呢！

这是春季最新款！

太棒了，裁缝！

潜水员

你们知道有人是在水下工作的吗？

好厉害！

我可不信！

那边好像有什么好玩的事情。

我还想多了解一些。

一位潜水员正在准备下潜。

气瓶准备好了。

有的人把潜水当作运动，有的人则是为了好玩。

还有的人把潜水当作工作！

有些潜水工作很重要，比如码头的水下清理工作。

以及船舶的修理工作。

这些防浪堤的混凝土块真是太大了。

螺旋桨损坏得太严重了。

最初的水下作业人员是戴着头盔式呼吸器潜水的，他们通过与水面上的氧气泵相连的管子呼吸。

如今也有戴头盔的潜水员，但是他们会使用现代设备。

我制作氧气供他们呼吸。

好棒！

我用绳索拉着他们。

能听见我说话吗？怎么样了？

有的潜水员可以穿着特别重的铅底潜水鞋在海底行走。

有的潜水员会背着压缩空气瓶，用脚蹼游泳。

马上就要大功告成了！

太棒了，潜水员！

我们捕到海绵*了！

好饿呀！

*海绵是最原始的多细胞动物，6亿年前就已经生活在海洋里。

交通领域 每天，成千上万的人在辛勤工作，保障空中航线、海上航线和陆地运输线的顺畅运行。他们驾驶着各种各样的交通工具，将乘客和货物运往世界各地。

小游戏：你能在大图中找到下面圆圈中的小图吗？

南站

电工

长大了我想做一名电工，就像我爸爸一样。现在我跟大家说说，他的工作是什么样的。

好有趣的职业！

那边有一位电工！

注意安全哟！

这个工作可挺危险。

你们不用担心，我对电了如指掌。

电能是一种很有用的能源。它能让火车跑起来。

能让城市灯火通明。

还能让人们互相联系。

嗨！弗朗西斯科，我刚刚给你发了一封电子邮件。

电从发电站生产出来。

然后通过电缆输送。

电流的运动速度非常快！

最后到达千家万户。

电很有用，我们的生活离不开它。

但是，电也可能引发危险，所以一定要规范用电。

想要安全地安装电器，就需要专业的电工。

我要榨一大杯果汁！

今天咱们要去安装一个新电器。

我好喜欢这个工作呀！

电工能让电线从固定在房子墙壁中的管道里穿过。

为什么有三根线？

有两根是电线，另一根是接地线。

这个工作可真复杂！

天哪！

电工将插座和开关安装在墙上。

开关

插座

将电线与配电箱连接起来。

配电箱

接地装置

总闸

最后，电器就可以使用了。

只要有地方需要电工，他们就会第一时间赶到。

今天没下雨，真不错！

我喜欢待在高处！

他们甚至会爬到电塔顶上去。

太棒了，电工！

编辑、作家和插画家

你们知道这些漂亮的书是怎么诞生的吗?

是你做出来的?

是用电脑做出来的?

是他做出来的?

书店
智慧熊

要知道一本书是怎么诞生的,得从编写故事的人说起。

作家把自己创作的故事发给出版社,然后经过印刷厂印刷才能变成书。

深夜,汽车疾驰在路上……

当编辑真好!

如果故事是用外语写的,还需要请翻译给翻译成本国文字。

在出版社,编辑们会先读一遍故事,然后说说自己的想法。

如果他们决定出版,就会请插画家来为故事配插图。

太无聊了!

我很喜欢!

简直太棒了!

对,我们把它出版吧!

这个故事给了我很多灵感!

插画家仔细读过故事后,就开始绘制插图。

然后,就进入排版环节。排版人员会把所有内容进行编排,放在页面上,选择最好看的字体。

画得真好!

刷刷刷……

标题加粗,用蓝色和红色。

28

编辑一遍又一遍地仔细审阅全部书稿后，就把书稿送去印刷厂。在那里，书页被裁切整齐，再装订起来，最后粘好封面，书就印装完毕，可以派送到各家书店了。

图书派送

你干什么去呀？

我去买本新书！

大家读到这本书后，有时会很想见一下作家和插画家。然后问他们一大堆问题，还会让他们在书上签名。

这些都是你画的吗？

你是左撇子吗？

你也会画插图吗，还是只写故事？

你小时候喜欢读书吗？

你是一位画家吗？

你是怎么把书做出来的？

你写过多少本书呀？

你在哪里工作呀？

你用电脑工作吗？

封面是你做的吗？

你的灵感来自哪里？

太棒了，
做书的人和读书的人！

灯塔守卫

我们去看看灯塔守卫都需要做些什么工作吧!

我真的很想知道!

海边的空气真好!

在那儿呢!

灯塔是塔形建筑,有时会被喷上鲜明的颜色,让船只从远处就能看到。

塔顶上有一盏灯,能在夜里发出灯光信号。有一些灯塔的灯光是固定的,有一些灯塔的灯光是来回摆动的。

真漂亮!

颜色真鲜艳!

这座灯塔的灯光就是来回摆动的。

人们从15海里外就能看到灯光!

灯塔的光为水手指明方向,让他们知道身处海上的什么方位。

有些灯塔能自动亮灯,有些灯塔则需要灯塔守卫来控制灯光。

是灯塔!

我们有救了!

有的灯塔守卫一个人住在灯塔里，有的则跟家人一起住在里面。

他们负责对灯塔进行维护，以及必要的修缮。

还要清洁灯塔的灯玻璃，好让灯光足够明亮。

我们的工作很特别吧！

真美啊！

我也是一名守卫！

塔顶的红色褪色了。

你必须像星星一样闪亮夺目！

灯塔一般都建在很偏僻的地方，所以灯塔守卫必须能耐得住寂寞。

有些灯塔建在大海中央，要到达那里可不容易，尤其是天气很差的时候。

你好吗？

终于要回家了！

胜利在望！

你能行！

太棒了，灯塔守卫！

一路顺风！

谢谢！

旅途愉快！

你是大海里最美的灯塔守卫！

再见！

老师

"给我们讲讲吧!"
"我来记笔记!"
"阿尔贝托和我是老师,我们的职责就是教学!"
"快讲讲!"
"教学的意思,就是把自己掌握的知识传授给他人,让他人也学会。"
"好棒啊!"
"我也想当老师!"

很小的孩子不用老师的帮助,也能学会一些重要的技能,比如说话和走路。

同样,动物不用上学也能学会做一些令人难以置信的事情。而且它们能很快学会,并能完美地完成任务。不过,它们一辈子都只能用同样的方法做这件事。

"呀!他站起来了,还学会走路了!"
"好棒!"
"真厉害!你是工程师吗?"
"哪里,我只不过是天生就会。"
"你真是了不起!"

而我们人类,一辈子都要努力学习新技能、新知识,并且需要有老师来教我们。

老师要非常有耐心才行,因为学生得不断尝试、犯错,然后再尝试……
最后,学生可能变得比老师还厉害!

"看上去挺简单的!"
"陶车转动时,双手要给陶器一定的力量。"
"这可一点儿都不简单!"
"加油,你做得越来越好了!"
"这真是一件优秀的作品!"

在幼儿园里教小朋友的老师叫"幼师"。他们会领着小朋友们做好多有趣的游戏。

等小朋友们长大一些，就会升入小学。在那里，有老师教他们读书、写字。

等孩子们再长大一些，就会到其他学校里继续学习。这时候，孩子们的课本就更厚了。

老师们教的课程各不相同，一般一位老师只教一门课，最多可以教两门。

拉丁语和希腊语　哲学　外语　物理和数学　体育　信息学

他们看上去好像很疲惫。

我希望每天都能在班里见到你。

然后，想继续学习的孩子就可以进入大学。在大学里，每个学生都能选择自己喜欢的专业。

我选的是阿拉伯语专业。

太棒了，学问！

太棒了，老师！

工地与工厂

洗衣机是从哪儿来的？房子是怎么建成的？地铁的隧道是怎么搭建的？许多人在工厂和工地里工作，他们努力生产出能让我们安逸舒适、出行快捷、生活便利的产品。

小游戏：你能在大图中找到下面圆圈中的小图吗？

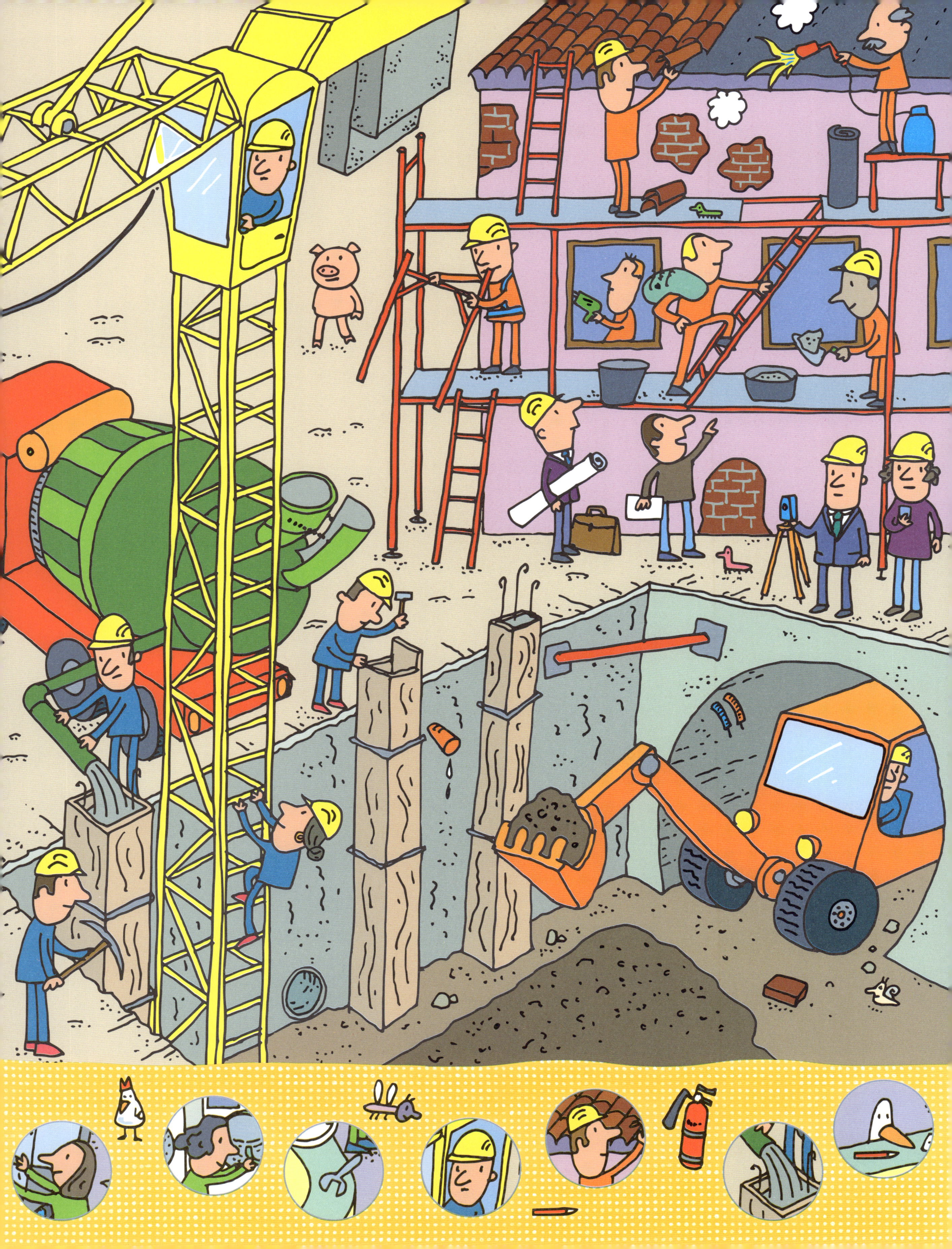

加油工

我婶婶是一名加油工，现在我给你们介绍一下她的工作。

我看到那边有一家加油站，太好了！

龙牌燃油

我是一名加油工。

加油工能为燃油动力的机动车加满燃油。

没有燃油，机动车就动不了。

我要累死了……

机动车用的燃油类型包括：汽油、柴油、天然气和液化气。

烧汽油的机动车会污染环境。

将来可能会有用氢气做燃料的机动车，这样就没有污染了！

烧柴油的机动车也会污染环境。

烧天然气和液化气的机动车污染少一些！

加油工对开车出行的人帮助很大。

他们还会为开车出行的人提供其他服务，保证他们旅途安全。

请帮我加满！

谢谢！

润滑油加好了。

胎压也调好了。

加油工的工作很辛苦。

冬天,他们要在户外工作。 夏天也要在户外工作。 甚至半夜还要工作。 有时候还会遇到危险。

"我要抢劫!"

第一辆用内燃机做发动机的机动车是由卡尔·奔驰发明的。

"我的三轮机动车不烧汽油,烧柴油,在药店就能买到柴油。"

"我的天哪!"

1888年8月5日,第一家"服务站"诞生。它位于德国维斯洛赫,设在一家药店里。

"走吧孩子们,我现在加满油了!"

"她——波尔塔·奔驰,是卡尔·奔驰的太太!"

城市药店

"哎呀,这个关于加油工的故事真有趣!"

太棒了,加油工!

"我们希望环保燃料能早日上市!"

收银

理发师

"我喜欢你的发型！"

"谢谢，我妈妈是一名理发师。"

"我的理发师超棒！"

"我觉得我的新发型漂亮极了！"

"有了这些头发，我就能搭一个更暖和的巢了！"

"这位女士的头发可真不少啊！"

"好累啊！"

理发师为人们打理头发。

从事这个工作可不简单，需要具备精湛的技艺。

"不要动哟！"

"我为小朋友理发。"

"对不起，我是个新手！"

"你剪到我的耳朵啦！"

在古时候，理发师有点儿像医生。

曾经有一个时期，一些理发店配套设施豪华，引领时尚。

"这项服务真复杂！"

"我来理发。"

"我来包扎受伤的腿。"

"现在我们来喷香香！"

人们的发质各不相同。

理发师要能够处理各种各样的头发。

"大家的头发都很漂亮！"

直发　　卷发　　波浪发　　粗硬的头发　　稀疏的头发

"好漂亮啊！"

38

顾客可以在理发店里选择自己想要的发型。

"这款发型非常适合您！"
"好，我很喜欢。"

接下来洗头。

"水温合适吗？"
"合适，谢谢！"

然后才开始理发。

"您的头发真有光泽！"

理好后，要吹干头发，定型。

"完美！"

有时还要用到电热干发帽。

"真舒服！"

还可能要用特别的方式打理一番。

"效果一定很棒！"
"这是太阳发型吗？"

很多人喜欢改变头发的颜色。

"今天我是金发女孩！"
"美极了！"

"我实在不知道该选哪个颜色好。"
"我喜欢！"

优秀的理发师会让大家都变得美美的。

太棒了，理发师！

木工

长大了我想当个木工,因为我很喜欢木材!

那边传来一阵奇怪的响声。

好像是拉锯的声音。

就在那边!

木工作坊

木工能用木材打造出各种有用的东西。

我爱木材!

木材来自大树的树干,不过,注意不要过度砍伐树木。

我们只从合法管理的森林里砍伐树木。

砍下来的树干被运到锯木厂。

注意安全!

往下!

在那里,木材被加工成各种厚度的木板和嵌板。

木头的味道真好闻!

木工从锯木厂采购回木板。

5张杉木板,2张胶合嵌板。

然后把木板运到自己的车间。

首先，木工精确地设计出他要打造的物件。

其次，再在木板或者嵌板上画出各个部件的轮廓。

我想做一件蓝色的家具。

我必须小心，不能搞错尺寸。

接下来，用锯把木板锯开。

今天我要用手锯。

用电钻钻孔。

用刨子削薄。

用锤子固定。

用胶水黏合。

用砂纸打磨。

最后，刷上油漆！

太棒了，木工！
太棒了，大树！

你们一定要记得保护森林哟！

41

引航员

"我知道在港口有一些引航员。"

"对呀,他们的工作非常重要。"

"他们说的是你吗?"

"我想是的,我就是一名引航员。"

引航员是所有船只的指挥官。这个工作有点儿特别。

"你的工作哪里特别呢?"

"我对海港的方方面面了如指掌。"

船长们驾驶船只在大海中航行,必须要进入港口。

入港时,船长们需要有人帮忙指挥船只航行到该停泊的位置。

于是,他们就通过无线电呼叫引航员基地,要求派一名引航员到船上来。

"奥索尼亚号货船呼叫引航中心。"

"我喜欢进入港湾。"

"这里是引航中心,请讲。"

"轮到我上场啦!"

然后,一艘引航船载着一位引航员从引航中心出发,驶向船只的方向。

小船向航行中的大船靠近,让引航员登上大船。引航员的身手像杂技演员般灵活。

"加油,引航员!"

"我们3分钟后抵达!"

"好极了!"

"今天我感觉很棒!"

一上船，引航员就成了航船的总指挥，向驾驶船只的舵手发出指令，帮助船只靠岸。

在引航员的指引下，岸上的系泊员用缆绳将船只拴在岸边，确保船只停泊到指定位置。

终于能休息一下啦！

船只右舷后退三度。

引航员将巨大的船只引向港口时，如果海面风浪较大，就需要呼叫拖船来帮忙。拖船的动力比较强，能够帮助大船控制方向。

太棒了，引航员！

商业 无论近在咫尺还是远在天涯，货物都一直在人与人之间流通，这是人类古老的活动之一。我们大家能有东西吃、有衣服穿、有铅笔等文具用、有书读，等等，这一切都要归功于巨大的商业网络。

小游戏：你能在大图中找到下面圆圈中的小图吗？

黄金时间

大脚丫鞋店

药店

弗拉德米罗
二手商店

北极
冰激凌

乳制品

职员

我妈妈是一名职员，但是我并不清楚她到底都做些什么。

那我们就去看看吧，那间办公室里就有几名职员。

TBWA 服务中心

入口

职员就像船上的海员一样，各有分工。

船员们共同努力，才能让船只正常行驶。

下达指令　维修　驾驶　搬运货物　刷漆　清洁　装卸梯子　整理绳索

流动帮手　流动帮手　维修　维护秩序　清洗衣物　做饭

同样，职员们也需要同心协力地工作。如果每个人都能各司其职，整个部门的工作就会十分顺利。

尊敬的先生……

这个任务今天要完成。

所有文件复印3份。

还在签约……

我来取合同。

这是您要的文件。

谢谢！

我要发封邮件。

我输入数据。

46

以前，人们把职员叫作"白领"，与工人区分。

工人们的工作很容易弄脏衣服，所以穿的工作服颜色比较深。

我们每天穿着白衬衫上班，但是这样很容易沾上墨水。

所以我们会在袖子外面套上深色的套袖。

周日我跟孩子们去骑车。

这周日我来厂里值班。

职员们有明确的上下班时间——一般是早上很早就到办公室，傍晚才下班。

所以他们会整天待在一块儿。对一名职员来说，学会与他人相处很重要。

我准时到了。

我今天有好多事！

你是新来的吗？

是的，我还在适应环境。

路易吉想出一个好点子！

你觉得怎么样？

谢谢！

太棒了，职员！

天文学家和宇航员

我和马里奥长大了想当研究天空的科学家——天文学家！

那是仙后座！

玛格丽塔！

她是著名的天文学家。

她看上去好亲切！

大家好！

想成为天文学家，要学好数学、物理、光学等课程，了解星星的名字和位置，还要知道宇宙是怎么诞生，以及如何运行的。

等把这些东西都学会，你就能去发现那些我们还不了解的事物了。
科学家从不停下探索的脚步！

这门学问真让我着迷！

感觉就像是一场永无止境的冒险。

那颗星星看起来与众不同。

几百年来，天文学家们研制出了越来越精密的观测仪器，并用这些仪器凝望深邃的星空，度过了许许多多个不眠之夜。

自从科学技术发展到可以向太空发射探测器和人造卫星起，天文学家们就可以望得更远了，而且白天也可以进行观测。

这架望远镜非常厉害！

能看见千年隼号飞船吗？

太厉害了！

好像近在咫尺！

像其他领域的科学家一样，对天文学家来说，跟其他天文学家保持联系也是很重要的。因此，他们会定期举行会议，及时交流想法和信息。

不过，并不是只有天文学家才对太空探索感兴趣。

要成为宇航员可不容易，必须是身体素质特别好的科学家才行。

你好，我是宇航员。

这真是一名能文能武的科学家！

身体真棒！

宇航员去太空，要搭乘特别的交通工具，穿特别的制服。

天上跟地上完全不同，宇航员要在失重的状态下生活，不分"上""下"。

看到这些东西了吗？

从二十世纪八九十年代年开始，太空中有了第一座国际空间站，来自世界各地的宇航员在这里工作。他们在太空中进行医学、物理学，当然，还有天文学方面的研究！

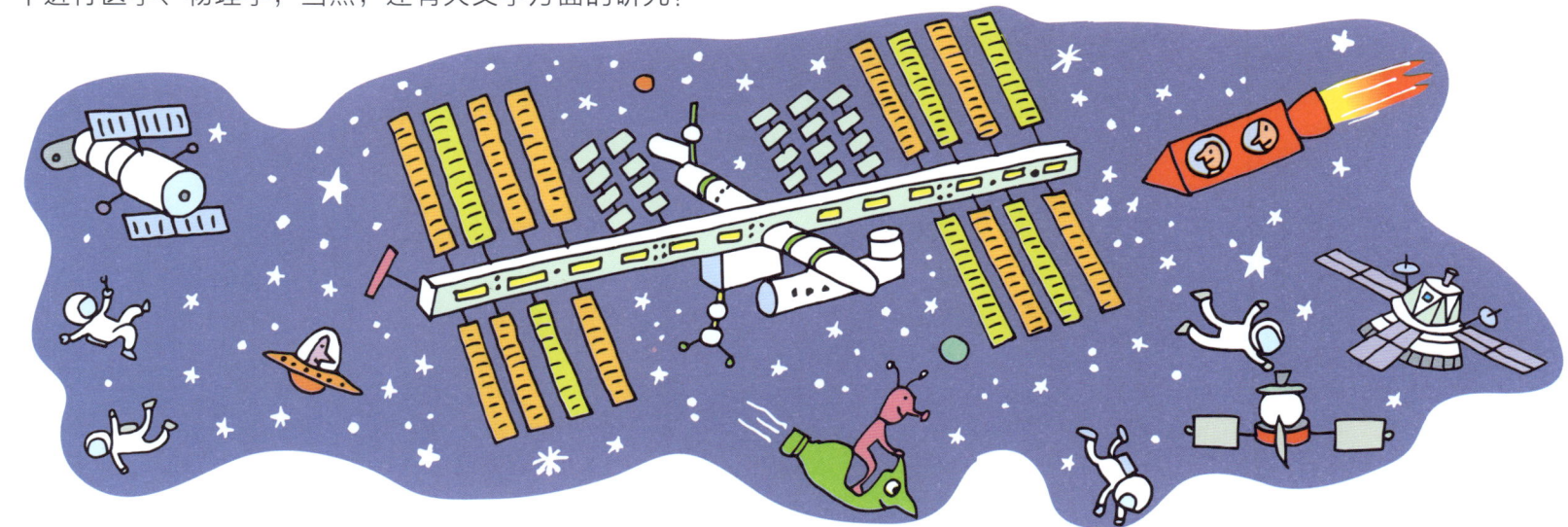

太棒了，天文学家！太棒了，宇航员！

搬家工

"我们真的要搬家了吗？"

"是的，我们要搬到三楼去，搬运工马上就到。"

"这些箱子太重了！"

"有位搬家工下来了！"

"嘿哟！" "嘿哟！" "嘿哟！"

"他可真有力气！"

"别担心，我们会去叫一个厉害的搬家工来！"

人们一旦决定搬家，该怎么做呢？

"我们怎么才能把所有的东西都搬走呢？"

"真有意思。"

首先，搬家工会来看一下有多少东西要搬走。

"可以。我们全部搬完需要4天，价格是6400元。"

然后，他们会告诉客户搬运这些东西要花的价钱及时间。

"7月份可以搬吗？"

"我觉得心里踏实多了。"

选定搬家时间后，搬家工们会带着工具和材料按时到来。

这些材料可以用来给家具和其他物品打包。

"这是小箱子。"

"这是大箱子。"

"这是打包用的羊皮纸。"

"这是塑料泡沫垫。"

"这是纸胶带。"

50

搬家工把所有的东西都仔细地打包好。

羊皮纸能很好地保护易碎物品。

还要再来一层塑料泡沫垫。

他们知道如何处理易碎物品。

而且他们力大如牛！

他们一次搬运一件物品，直到把所有东西搬到新家！

太棒了，搬家工！

面包师

"我爸爸是一名面包师。"

"好棒！"

"面包多好吃啊！"

"这边有两位面包师，还提着一篮子面包呢！"

面包师就是烤面包的人，这个职业有着非常悠久的历史。

面包师会彻夜工作，因为要赶在早上之前做好面包。

"要烤面包，需要用到面粉、水和……火！"

"夜里工作真辛苦。"

"但我也觉得很开心！"

面包师会选用谷物磨出来的最好的面粉。

"我只选用有机种植的谷物磨成面粉。"

"这面粉真好啊！"

谷物一般包括七种，它们含有人体所需的主要的营养物质。

大米　小米　燕麦　黑麦　大麦　小麦　玉米

面包师做面包时可以不用酵母。

"不发酵、没有面包芯的面包也很好吃！"

当然，也可以使用天然酵母做面包。

"用天然酵母发酵的面包带有一股浓郁的香气，制作时间要更长一些。"

还可以使用人造酵母做面包。

"用人造酵母发酵速度很快，只不过面包不怎么好吃。"

下面我们来看看天然酵母——"面肥"是怎么做成的吧！

先用水和酸奶和面。

然后静置48小时。

面发酵了。

再次加入水和面粉，让它二次发酵。

放置24小时。

现在的面已经比原来大了一倍。

反复进行"二次发酵"。15天后天然酵母就做好了，可以用来做面包了。

天然酵母能用很多年。

面包师把酵母放进水和面粉中和匀。

和面机能派上大用场。

让面醒一段时间。

嘘……

然后捏成面包的形状。

嘿哟！

最后就等着它们发酵了！

加油，小面包宝宝们！

把所有的面包宝宝们都送进电烤箱。

电烤箱真实用！

或者放进木炭烤炉。

木炭烤炉能赋予面包特殊的风味！

新鲜出炉的面包真香！

做好啦！

面包师们不只做面包，还做甜品、饼干、比萨饼和蛋糕。

馋死啦！

太棒了，面包师！

太棒了！

53

学者和科学家 对知识的渴求和改善人类生活的愿望，促使各个领域的科学家和研究者在科研战线上不懈奋斗。有的人在实验室里不断寻找新的医疗方法，有的人走遍全世界去解开大自然的谜团，有的人努力解开祖先留下的线索，还有的人研究动物行为的秘密……科学的世界很大，有好多秘密等着我们去发现！

小游戏：你能在大图中找到下面圆圈中的小图吗？

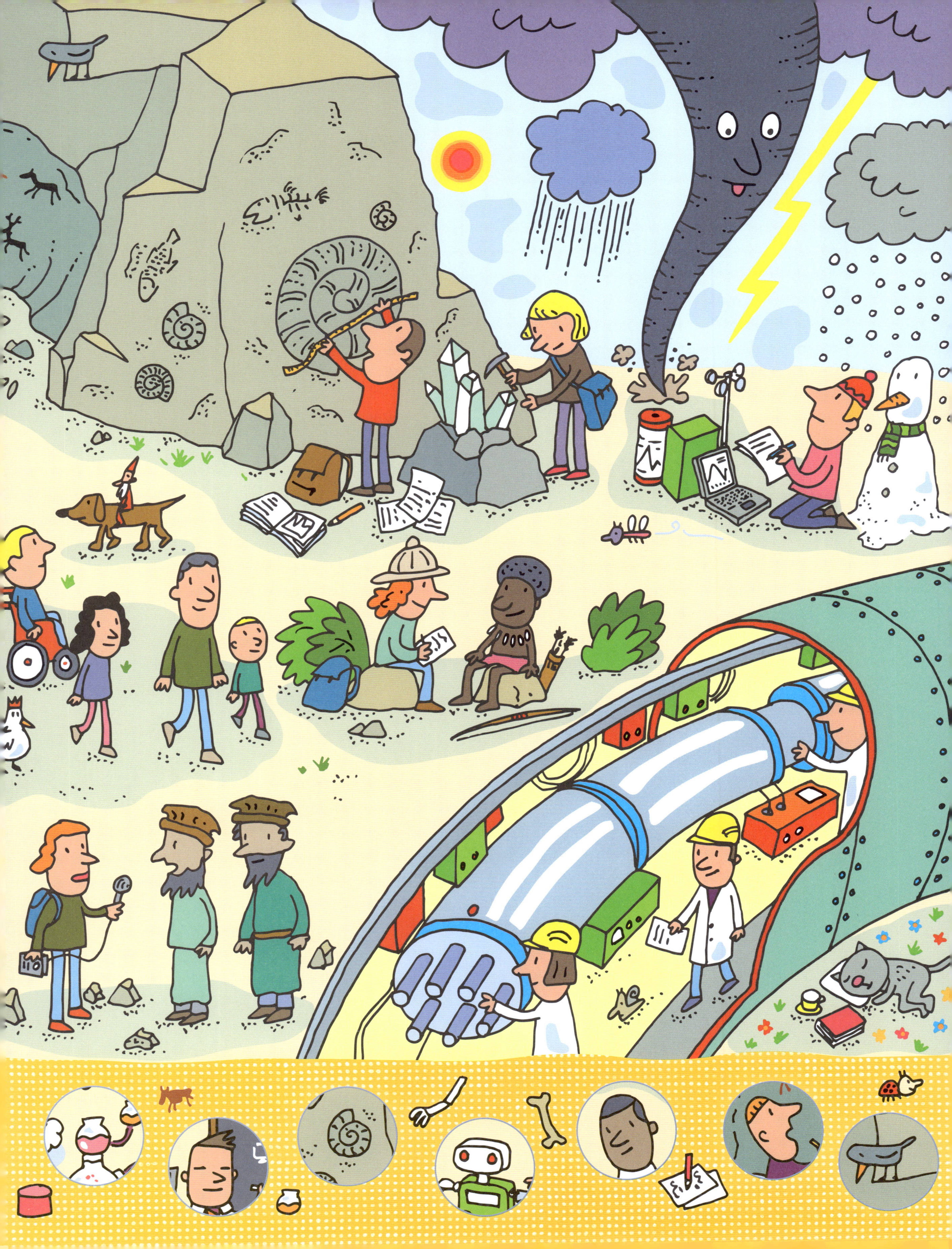

水管工

我长大了想当水管工!

一片狼藉!

乱七八糟!

"水管工"这个词,包含"水"和"管子"两层含义。

水利学是指研究如何利用流体的科学,尤其是水。

水　管子

水流动会带动这个转轮的叶片转动。

了不起的发现!

过去,人们住的房子里没有自来水。

也没有可以用来做饭和取暖的燃气。

好累啊!

我砍柴回来了。

晚饭做好了!

古代的水利学家们研究出很多将水从一个地方引到另一个地方的工事。

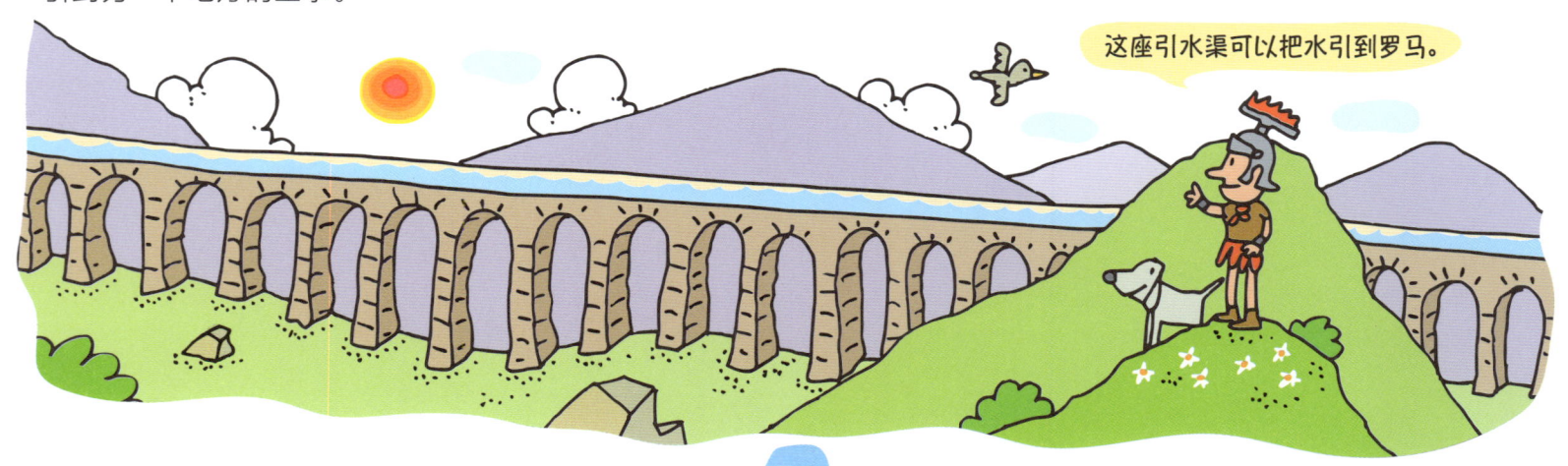

这座引水渠可以把水引到罗马。

如今，我们在自己家里就能直接用上热水和自来水。

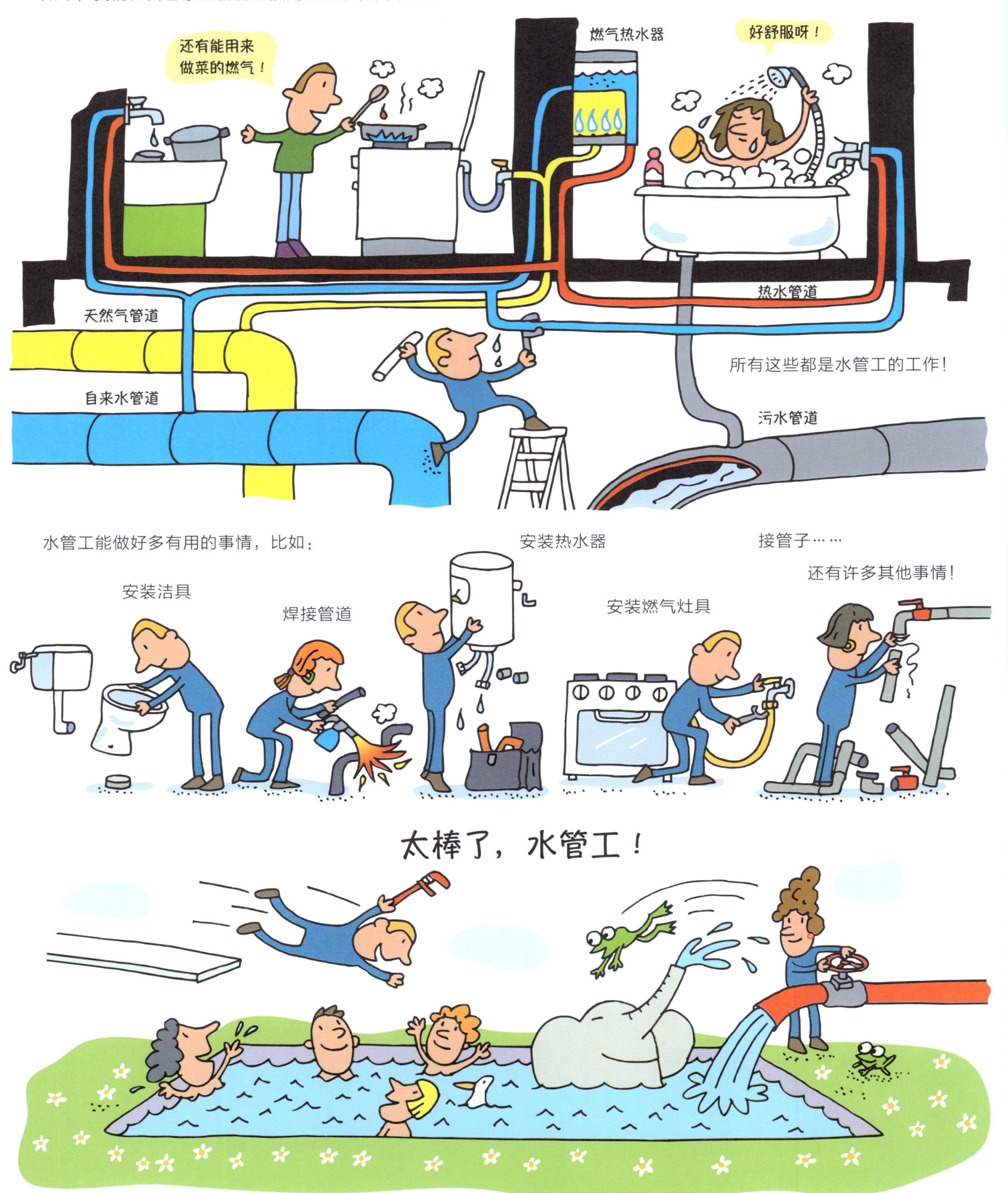

还有能用来做菜的燃气！

燃气热水器

好舒服呀！

天然气管道

自来水管道

热水管道

所有这些都是水管工的工作！

污水管道

水管工能做好多有用的事情，比如：

安装洁具

焊接管道

安装热水器

安装燃气灶具

接管子……

还有许多其他事情！

太棒了，水管工！

音乐家

你弹得真好!

你是音乐家吗?

哦,不是,我只是会弹奏,还算不上一位真正的音乐家。

也许她是真正的音乐家!

很多人会演奏乐器和唱歌,不过多半是作为休闲时的娱乐,他们并没有在专业的音乐院校学习过。

还有一些人立志成为音乐家,所以去接受专门的教育。

这所学校真漂亮!

很有音乐气息!

音乐院校叫作"音乐学院",学生们在这里能学习演奏各种各样的乐器。

音乐家以音乐为事业。

有时候,音乐家也会演奏自己创作的曲子。

好美妙的乐曲!

我不太喜欢。

节奏太快了。

有时候听众真是太挑剔了!

哆、西、不、咪

我喜欢!

有一些音乐家专门演奏某种特定的乐器。

也有声音美得不可思议的美声歌唱家。

还有些乐队的指挥，能演奏好几种乐器呢！

合唱团的指挥能指挥大家一起唱歌。

作曲家创作音乐，由其他人来演奏。

编曲者则用新方法对已有的乐曲重新编排。

这首乐曲经过重编，将再一次大受欢迎。

音乐家还有好多好多种，除了古典音乐，还有乡村音乐、流行音乐、摇滚乐、爵士乐……

太棒了，音乐家！

太棒了，音乐家！

渔民

我的爷爷是渔民，他对打渔的事了如指掌！

真想认识他呀！

今天是打渔的好日子。

渔网准备好了，咱们出发吧！

渔民的工作有着非常古老的历史。
渔民的生活在两个世界之间来回切换，一是陆地上，一是水中。

好累呀！

虽然累但是值得，看我打上来的鱼！

水下真热闹！

diāo
鲷鱼

鳕鱼

皱唇鲨

凤尾鱼

hé
颌针鱼

鱿鱼

石斑鱼

fēi
大西洋鲱鱼

虾

银汉鱼

乌贼

biān
鳊鱼

墨鱼

yóu
鲉鱼

蟹

龙利鱼

海胆

fēi ní jiān
绯鲵鲣

60

打渔有很多种方式，渔民出海的时间也有早有晚。
其中，有一些规矩和限制是必须遵守的，
这样渔业才能经久不衰。

快点儿！

这条箭鱼不错！

逮住它！

贾尼，加油！

慢点儿！

这个鱼篓是个小圈套：
进来容易出去难！

太棒了，渔民！

龙虾

金枪鱼

gé lí
蛤蜊

医生

昨天我发烧了,没有出门,医生来家里为我看病了。

喝点儿橘子汁吧。

我也想成为一名医生。

深呼吸。

你说的一定是兽医吧。

要成为医生,首先要花很多年的时间努力学习医学知识。

好有趣呀!

这么厚的书!

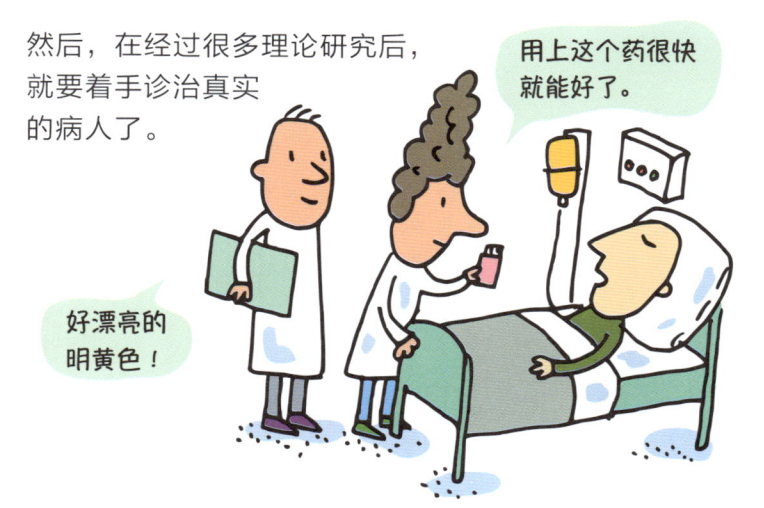

然后,在经过很多理论研究后,就要着手诊治真实的病人了。

用上这个药很快就能好了。

好漂亮的明黄色!

有些医生会一直研究学习,一直到成为某科的专家,但并不是所有医生都这样。

心脏科　　神经科　　　　　　　　　　　　　消化科　　　　耳科

肺病科　　　　　　牙科　骨科　　　　　　　　　　　眼科

在人的身体里,有好多秘密等着我们去发现:200多根骨头、各种奇形怪状的器官,还有百转千回的大血管、小血管——我们身体各部分的顺利运转都要靠这些血管来贯通。

当身体的某个部位出现问题,这个人就会生病,出现某种疾病的症状。

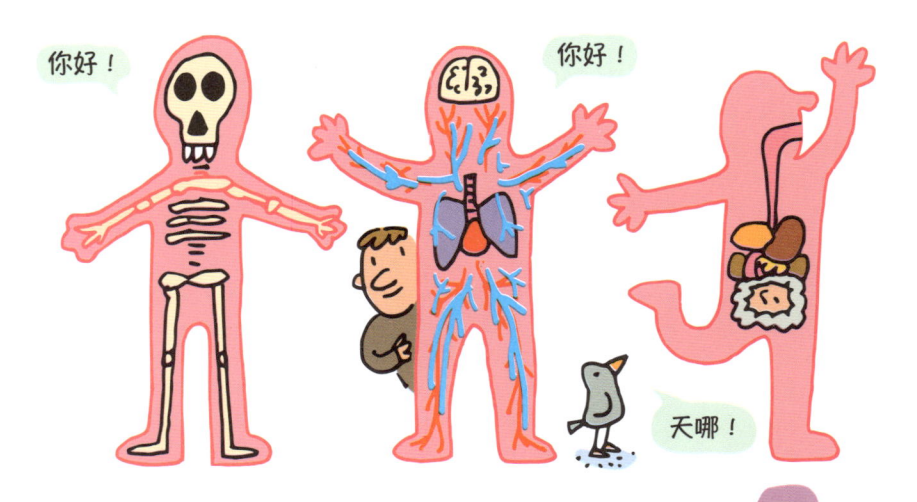

你好!

你好!

天哪!

哎哟!

你怎么啦?

医生要为病人做检查，诊断病人的身体情况。

如果有必要，医生还会使用一些高科技的医疗器械，好好看看身体里、血液中或者其他地方到底出了什么问题。

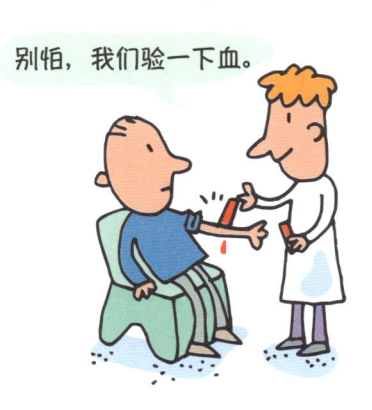

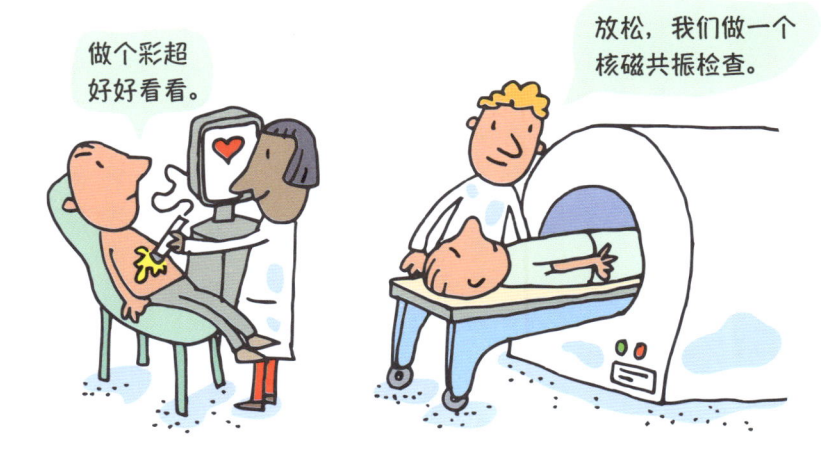

血压有点儿高。

别怕，我们验一下血。

做个彩超好好看看。

放松，我们做一个核磁共振检查。

总之，医生永远不会停止研究。因为医学界总会有新发现，每位医生都要不断更新自己的知识储备。

医生们知道，自己的职责不仅仅是把病治好，还要让病人感觉舒服才行。所以，医生一定要跟病人好好沟通，彼此配合。

现在我不疼了！

头疼是一个信号，告诉你要在生活方式上做一定的改变。

医生不光治疗生病的人，还要救治出事故的伤者。

这条腿受伤了，不过很快就能恢复，能站起来走。

在战火纷飞的国家，许多医生、护士及医疗工作者，冒着生命危险救助那里的人们。

太棒了，医生！

地下作业 在地下，人们能找到石油和各种各样的矿产资源，这些资源能变成能源，或者其他有用的东西。但是得有人到地下去开采才行，这是一项艰巨的任务，很危险，而且需要很多人共同配合。采矿工会打很深的矿井，将管道通到地下。矿产被挖掘出来后，会被应用到很多地方。

小游戏：你能在大图中找到下面圆圈中的小图吗？

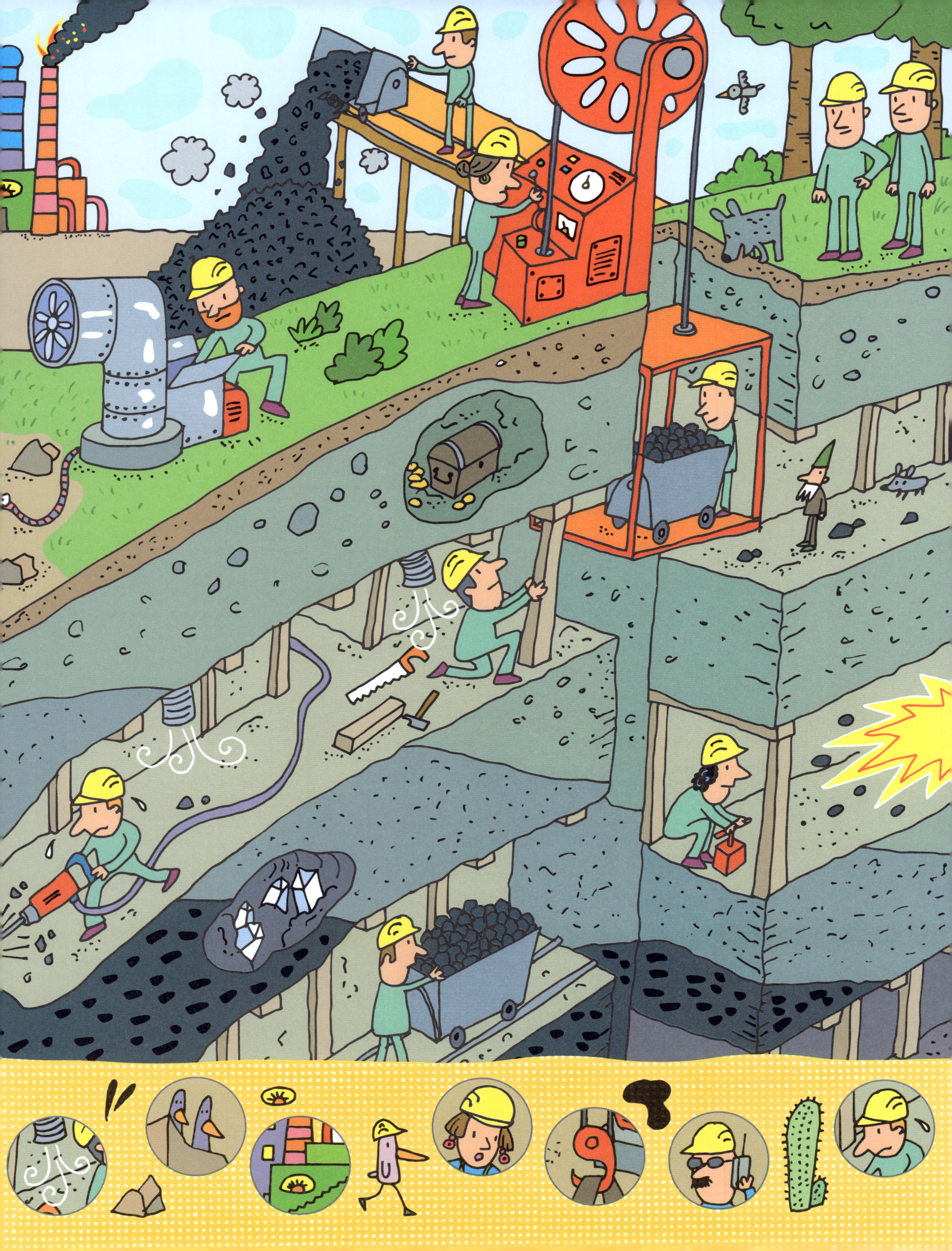

园丁

"我们有个大梦想,那就是成为园丁。"

"园丁对各种植物都了如指掌,总是在花草间忙碌。"

"看,那边有两位园丁!"

"他们正在照顾一棵大树。"

"喷上药,害虫就会消失了。"

"这边的树冠要稍微修剪一下。"

园丁要保证植物健康生长。

"让我来帮你长得又直又壮吧。"

"我有点儿直不起来了。"

学会照顾植物,首先要了解很多知识。

"嘘,这里有人在学习呢!"

需要了解土壤。

"这里的土壤属于黏性土壤。"

还要懂得为植物选择合适的栽种地点。

"我要把你种在岩石中间,晒着太阳。"

"谢谢!"

园丁的工作要根据大自然的节气来进行。

"到播种的时候了。"

"还有移栽!"

还要了解季节变换的规律。

"它睡着了。"

"春天会再开花!"

园丁懂得如何使用各种工具。

这些工具只是九牛一毛!

园丁热爱植物,植物也喜欢园丁。

人们把出色的园丁称为"绿手指"!

太棒了,园丁!

比萨饼师傅

马泰欧的爸爸是一名比萨饼师傅,他做的比萨饼超级美味!

比萨饼很好吃,我们快去看看是怎么做的吧!

比萨饼的香味飘过来了!

那位做比萨饼的人就是比萨饼师傅。比萨饼是一种古老的美食!

期待!

要做比萨饼,只需要几样简单的原料就行了。

非常期待!

面粉　水　面肥或酵母　油

盐

比萨饼师傅精心揉面,准备做比萨饼的饼底。

要做出好吃的比萨饼,秘诀都在揉面和发酵过程中。

我要把原料揉均匀。

我要把面做成一个个小面团,然后做成一张圆圆的比萨饼。

我要让小面团在这里发酵一整夜。

在酵母的作用下,小面团会变大。

加油,你真棒!

嘘!小面团在发酵呢!

68

面发好了，就轮到比萨饼师傅上场了。他会先把小面团变成一张张薄薄的饼。

然后就要发挥师傅们的艺术天赋啦！

我先把面团擀成薄饼。

接着把它抛向空中拉伸。

再把它摊平。

然后放番茄酱、马苏里拉芝士、沙丁鱼、牛至粉、油。

用这些配料将比萨饼装点好后，就可以用长柄铲把比萨饼送进烤炉了。

只需要在烤炉里待短短几分钟，比萨饼就做好啦！

烤制比萨饼需要非常精心才行。

新鲜出炉！

香喷喷的比萨饼来喽！

小长柄铲用来让烤炉里的比萨饼保持圆圆的形状，或者用来检查比萨饼有没有烤好。

太棒了，比萨饼师傅！

造船匠

这是我自己做的!

你的手艺简直比得上造船匠了!

造船匠?

造船匠是什么人?

我就是一位造船匠。

好棒!

造船匠会建造和修复木船。

我们就像从前的人们那样建造木船。

不过这种木船现在非常少见了。

我们还会修理古船。

而且我们都还是用手动工具呢!

这是一艘双桅渔船。

造船匠的手艺可不简单。

要从很小的时候开始学习。

还需要去船坞当学徒。

船坞

我需要做些什么?

好好看看这些师傅是怎么做的,跟着他们学习手艺。

年轻的学徒要学习认识木头，还有造船要用到的工具。

还要聆听师傅们的谆谆教诲。

你长得很结实。
谢谢，你也是。

年轻人，我们来把这块木头锯成板子吧！
遵命，先生！

木锉　螺丝钻　剪钳　捻缝工具　刨子　测量工具　手钻　锯子　斧头

慢慢地，小学徒积累了很多经验，就会成为一名真正的造船匠。

在威尼斯，至今还有一些船坞。造船匠们在那里打造凤尾船。

太棒了，造船匠！

机械工

现在我给你们讲讲机械工的工作吧!

我想这里就有一位。

机械工就是修理各种发动机和机械的人。

机械工是给发动机治病的医生。

我好喜欢这辆小摩托车啊!

这台割草机修好了就会跟新的一样。

很快你就能重新飞起来了,老伙计!

真是坏得一塌糊涂!

很多人从小就产生了对机械的热爱。

然后在成长的过程中,这种热爱也变得越来越强烈。

我更喜欢可以反复拆装的玩具车。

我喜欢自己修理自行车。

我得清理一下汽化器了。

72

机械工的工作车间让人眼花缭乱，到处是大大小小、形状各异的工具，每一种工具都很有用。

空气中弥漫着一种……机修车间的味道！

这里得用8号扳手。

我太喜欢闻润滑油的味道了！

机械工的工作非常重要，因为他们能保障汽车安全行驶。

当机械工完成了一天的工作回到家里后，会用专用的清洗剂洗净身上的油污。

汽车没有问题了，放心地出发吧！

谢谢你！

终于忙完了！

太棒了，机械工！

艺术与表演领域 演员、画家、雕塑家、杂技表演家、舞蹈家……这些人都把艺术作为自己的事业。此外，还有更多的人在幕后忙碌着，尽管他们并不露面，却扮演着不容忽视的重要角色。

小游戏：你能在大图中找到下面圆圈中的小图吗？

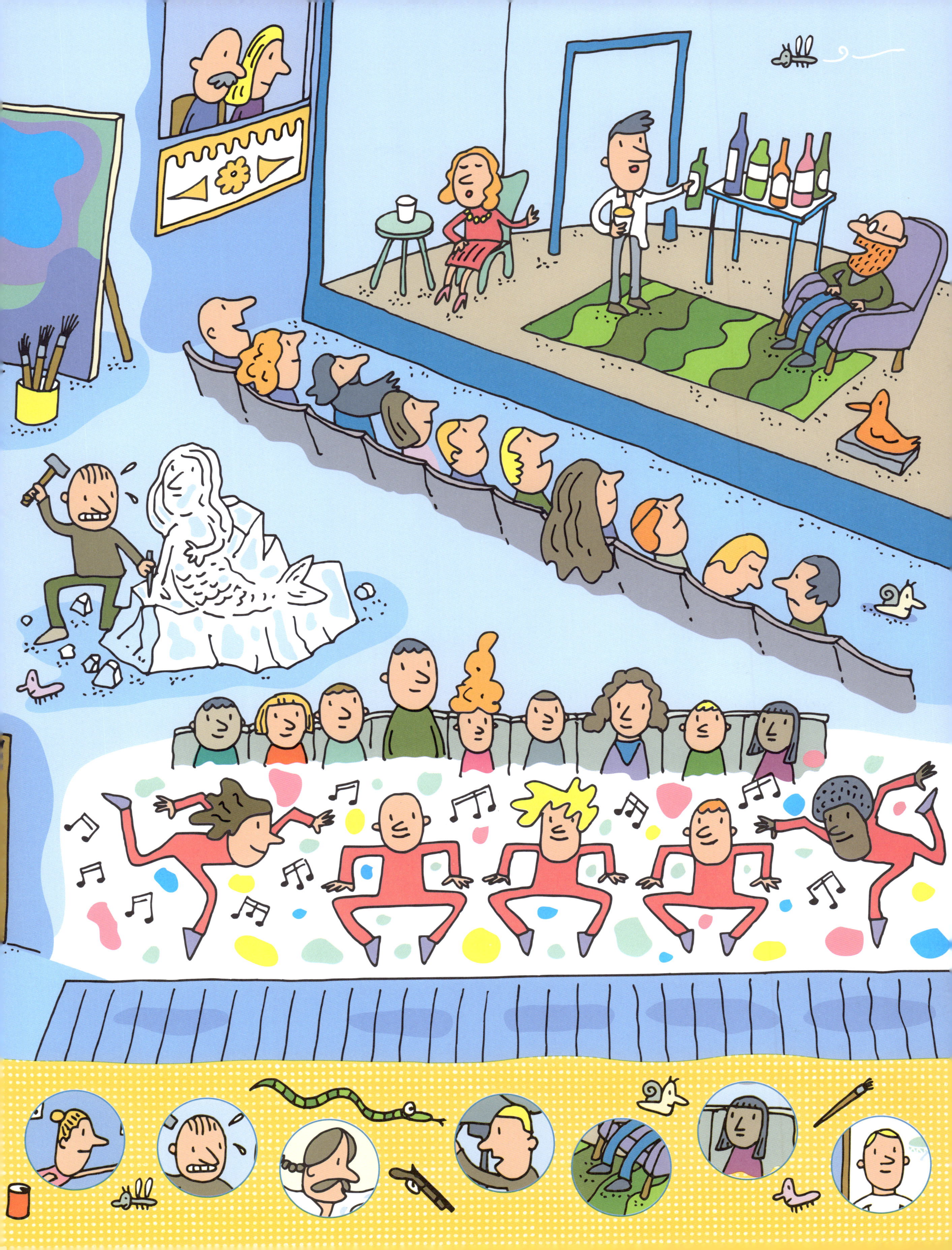

每本书都会有第一页和最后一页。每当一本书的创作即将完成时,作家和画家都意犹未尽……
但是,必须停笔了。

别把我们落下!

这位又是谁?

是个做立体书的家伙!

发生什么事情了?

这些人都是谁呀?

他们都追着这本书的作者跑呢!

他们都是没被画进这本书里的人。

好吧,总不可能把所有职业挨个儿说一遍吧。

所以，作者感到十分抱歉，这本书的篇幅实在太有限了，没办法把其他许多重要得不得了的职业一一介绍给大家……

目 录

农民	6	厨师	16
兽医	8	考古学家	18
卖报人	10	裁缝	20
登山向导	12	潜水员	22
服务行业	14	**交通领域**	24

职员	46	水管工	56
天文学家和宇航员	48	音乐家	58
搬家工	50	渔民	60
面包师	52	医生	62
学者和科学家	54	**地下作业**	64

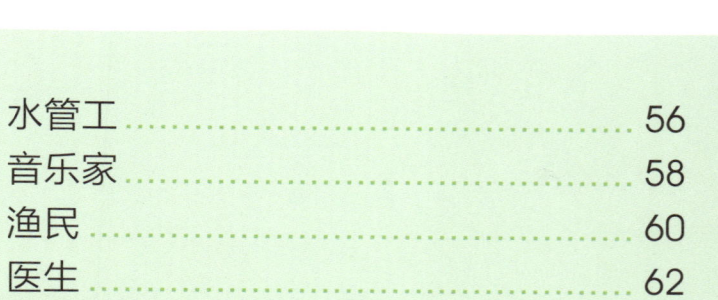

电工	26	加油工	36
编辑、作家和插画家	28	理发师	38
灯塔守卫	30	木工	40
老师	32	引航员	42
工地与工厂	34	**商业**	44

园丁	66	结语	76
比萨饼师傅	68		
造船匠	70		
机械工	72		
艺术与表演领域	74		

图书在版编目（CIP）数据

太棒了，我们的职业 /（意）阿戈斯蒂诺·特拉伊尼著绘；金佳音译 . — 北京：北京联合出版公司，2019.11（2025.3重印）
ISBN 978-7-5596-3688-1

Ⅰ. ①太… Ⅱ. ①阿… ②金… Ⅲ. ①儿童故事 – 图画故事 – 意大利 – 现代 Ⅳ. ①I546.85

中国版本图书馆CIP数据核字（2019）第191533号

北京市版权局著作权合同登记 图字：01-2019-5844

EVVIVA I MESTIERI
Copyright ©2017 Editoriale Scienza S.r.l., Firenze-Trieste
www.editorialescienza.it
www.giunti.it
The simplified Chinese edition is published by arrangement with Niu Niu Culture Limited.
Simplified Chinese edition copyright © 2019 by Beijing United Publishing Co., Ltd.
All rights reserved.
本作品中文简体字版权由北京联合出版有限责任公司所有

太棒了，我们的职业

作　　者：[意] 阿戈斯蒂诺·特拉伊尼（Agostino Traini）
译　　者：金佳音
出 品 人：赵红仕
出版监制：刘　凯　马春华
选题策划：联合低音
责任编辑：李秀芬
装帧设计：聯合書莊

北京联合出版公司出版
（北京市西城区德外大街83号楼9层　100088）
北京联合天畅文化传播公司发行
北京美图印务有限公司印刷　新华书店经销
字数20千字　787毫米×1092毫米　1/8　10印张
2019年11月第1版　2025年3月第8次印刷
ISBN 978-7-5596-3688-1
定价：88.00元

版权所有，侵权必究
未经书面许可，不得以任何方式转载、复制、翻印本书部分或全部内容。
本书若有质量问题，请与本公司图书销售中心联系调换。电话：（010）64258472-800

嗨，你好！没错，我就是这本书的作者。很高兴认识你！

[意] 阿戈斯蒂诺·特拉伊尼（Agostino Traini）　著绘

　　1961 年生于罗马，意大利著名插画家、布艺设计师和家具设计师。作为插画家，他为孩子们创作图画书、游戏书及创意书签等；作为布艺设计师和家具设计师，他将自己的画作印制在布料上，并设计制作五彩缤纷的家具和木制器具等。1993 年，阿戈斯蒂诺出版了第一本图画书。接着，他陆续推出了多部作品。这些作品被翻译成多种语言，深受全世界孩子们的喜爱。